Date: 11/14/18

Urano

Lori Dittmer

CREATIVE EDUCATION
CREATIVE PAPERBACKS

semillas del saber

Publicado por Creative Education y Creative Paperbacks
P.O. Box 227, Mankato, Minnesota 56002
Creative Education y Creative Paperbacks
son marcas editoriales de The Creative Company
www.thecreativecompany.us

Diseño de Ellen Huber; producción de Joe Kahnke
Dirección de arte de Rita Marshall
Impreso en los Estados Unidos de América
Traducción de Victory Productions, www.victoryprd.com

Fotografías de Art Resource (Bildagentur/Kupferstichkabinett,
Staatliche Museen, Berlin, Germany/Jörg P. Anders/Art Resource, NY),
Corbis (NASA), Creative Commons Wikimedia (NASA/JPL), iStockphoto
(aydinmutlu), NASA (NASA/JPL, NASA/JPL-Caltech), Science Source
(Mark Garlick, Gary Hincks, Shigemi Numazawa/Atlas Photo Bank,
Victor Habbick Visions), Shutterstock (NASA images, Vadim Sadovski,
janez volmajer), SuperStock (Science Photo Library)

Información del Catálogo de publicaciones de la Biblioteca
del Congreso is available under PCN 2017935807.
ISBN 978-1-60818-953-3 (library binding)

9 8 7 6 5 4 3 2 1

TABLA DE CONTENIDO

¡Hola, Urano! 5

Frío y helado 6

Anillos alrededor del planeta 8

Muchas lunas 10

Tiempo en órbita 12

Días de descubrimientos 14

Una mirada adentro 17

¡Adiós, Urano! 18

Imágenes de Urano 20

Palabras que debes saber 22

Índice 24

¡Hola, Urano!

Urano es el séptimo planeta desde el Sol.

Urano tiene un color azul verdoso y es frío. Está hecho casi todo de gas.

Dos grupos de anillos rodean a Urano. Los anillos internos son oscuros. Los anillos externos parecen de un brillante rojo y azul. Hay 13 en total.

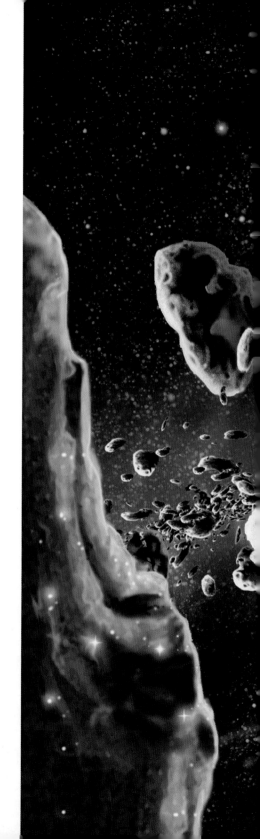

Muchas lunas dan vueltas alrededor de Urano.

¡Hasta ahora se han encontrado 27! Tienen nombres de personajes de libros. Las dos lunas más grandes son Titania y Oberón.

Urano es cuatro veces
más ancho que la Tierra.
El planeta tarda 84 años
en hacer una órbita
alrededor del Sol.

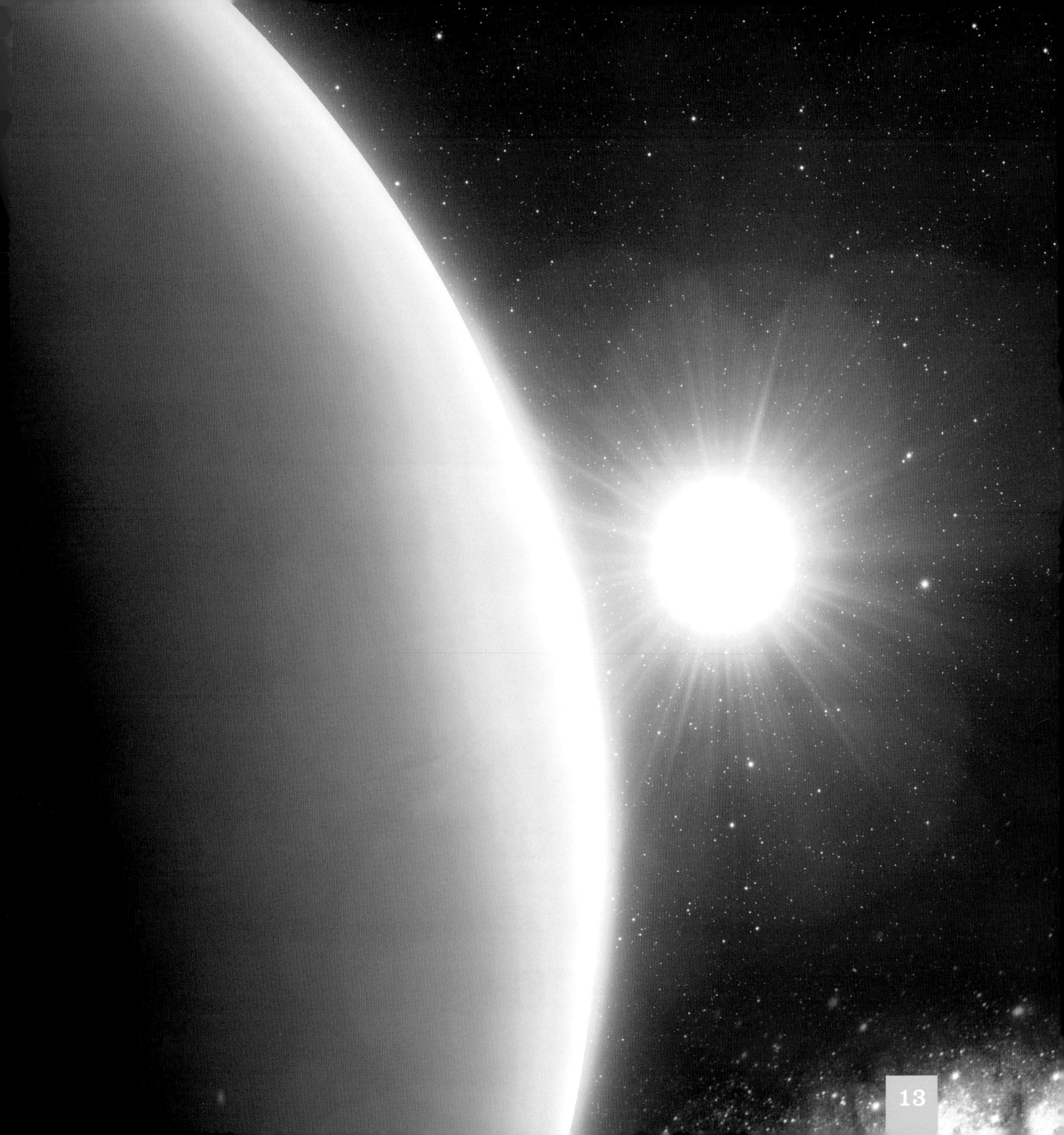

Los astrónomos
estudian los planetas.

Ellos descubrieron a Urano en 1781. Su nombre viene de una antigua historia sobre el dios del cielo.

Urano gira de lado.
Los vientos soplan
las nubes.

¡Adiós, Urano!

19

Imágenes de Urano

Titania

anillos

atmósfera

nubes

Oberón

dios: un ser que se pensaba que tenía poderes especiales y controlaba el mundo

órbita: movimiento de un planeta, una luna, u otro objeto alrededor de otra cosa en el espacio exterior

personajes: personas en una historia

planeta: un objeto redondeado que se mueve alrededor de una estrella

23

Índice

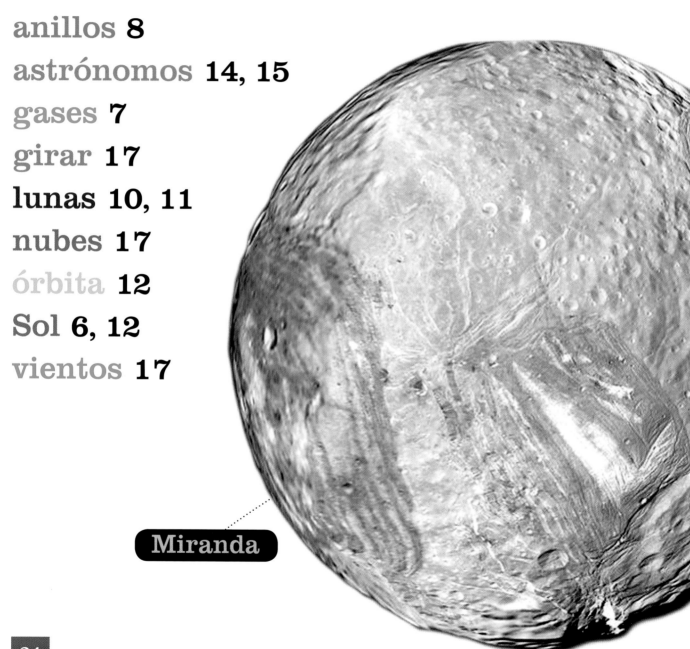

anillos **8**
astrónomos **14, 15**
gases **7**
girar **17**
lunas **10, 11**
nubes **17**
órbita **12**
Sol **6, 12**
vientos **17**

Miranda